HOTEL DROUOT, Salle N° 7

EXPOSITION : le Jeudi 17 Novembre
VENTE : le Vendredi 18 Novembre

=OBJETS D'ART=

de la

CHINE et du JAPON

Mᵉ EDOUARD FOURNIER
Commissaire-Priseur

M. ANDRÉ PORTIER
Expert

FRAZIER - SOYE
GRAVEUR - IMPRIMEUR
153 - 157, RUE MONTMARTRE
PARIS

Objets d'Art
de la
Chine et du Japon

BOIS SCULPTÉS — LAQUES
BRONZES — ÉMAUX CLOISONNÉS — PIERRES DURES
CÉRAMIQUES — CHANDELIERS
INROS — NETZUKÉS — PEINTURES, ETC.

dont la vente aura lieu

Le Vendredi 18 Novembre 1910

à 2 heures

HOTEL DROUOT, SALLE N° 7

Commissaire-Priseur
Mᵉ ÉDOUARD FOURNIER
29, Rue de Maubeuge

Expert
M. ANDRÉ PORTIER
24, Rue Chauchat

CHEZ LESQUELS SE DISTRIBUE LE PRÉSENT CATALOGUE

EXPOSITION PUBLIQUE

Le Jeudi 17 Novembre 1910, de 2 heures à 6 heures

CONDITIONS DE LA VENTE

Elle sera faite expressément au comptant.

Les acquéreurs devront payer 10 o/o en sus des enchères.

L'Exposition mettant le public à même de se rendre compte des objets à vendre, il ne sera admis aucune réclamation, l'adjudication prononcée.

DÉSIGNATION

BOIS SCULPTÉS

1. — Amida, assis dans le geste de la méditation, les mains ramenées dans le giron. Il a les cheveux frisés en petites boucles, l'ûrnâ au front, les longues oreilles. Jolies traces de patine or. Socle à double rang de lotus.
Haut. 35 %.

2. — Amida, assis dans la même posture que le précédent, laqué rouge et or. Haut. 29 %.

3. — Amida, debout sur une double fleur de lotus, la main gauche tenant le flacon d'ambroisie, la main droite abaissée vers le sol, la paume en avant, dans le geste de la charité. Le costume composé de la jupe et de l'étole est enrichi d'une parure de chainettes à pendeloques. Diadème à huit têtes entourant une petite figure d'Amida. Patine à traces d'or. Haut. 51 %.

4. — Statuette de Darma, accroupi, grimaçant, vêtu d'une ample robe. Haut. 17 %.

5. — Jolie statuette de Daïchi, assis sur un haut rocher, le pied gauche appuyé sur un bouton de lotus, la jambe droite repliée. Il tient d'une main la "Mani", boule enflammée qui ne se ternit jamais. La tête, rasée, et la poitrine, découverte, sont dorées. Main droite brisée.
Haut. 43 %.

6. — Figure en bois anciennement doré, représentant Amida, assis, les jambes repliées. Il est coiffé de petites boucles et tient les mains jointes dans le giron, les index pliés l'un contre l'autre, dans le geste dit "Chô-bon-chô-jô", le premier des neuf gestes mystiques d'Amida.
Haut. 21 %.

7. — Petite effigie en bois laqué d'or, représentant Amida assis, ayant derrière lui l'auréole funagôko délicatement sculptée de nuages. Il a les mains jointes dans le geste de la méditation. Le piédestal est formé de deux gradins supportant une fleur de lotus épanouie.
Haut. 31 %.

8. — Un prêtre, au crâne rasé, à genoux, les mains jointes dans un geste d'adoration et de prière. Bois sculpté et laqué brun.
Haut. 15 %.

9. — Tryptique représentant sur un fond laqué or, Fudo, le dieu de la guerre, son épée à la main, agenouillé sur un rocher devant une auréole de flammes. Autour de lui sept peintures représentant ses disciples.
50 × 28 %.

10. — Grand panneau d'applique en bois sculpté, doré et ajouré. représentant un vol d'oiseaux divers devant un nuage.
Long. 54 %.

LAQUES

11. — Ecritoire à couvercle arrondi, offrant sur un fond de laque noir un décor de sennin traversant les vagues, assis sur le dos d'un gigantesque dragon.
Larg: 25 %.

12. — Ecritoire carrée, en bois naturel, décorée en relief d'un poisson en laque rouge sautant d'un bassin à jolies parois de nacre. Incrustations de coquillages et de branches en laque d'or. Intérieur en laque brun saupoudré d'or. Larg. 24 %.

13. — Ecritoire carrée à fond mosaïqué de nacre polychrome. Sur le couvercle et en relief deux médaillons représentant l'un un dragon dans les nuages, l'autre un tigre dans les bambous. Larg. 26 %.

14. — Plateau rectangulaire en laque Nachiji décoré en vigoureux relief de laque d'or, d'un coq et de poussins, à côté d'une poule incrustée en shakoudo à beaux reflets bleus. Au dos les "mon" de la famille Arima.

15. — Boite à éventails, en laque d'or, décorée en réserve sur fond nachiji, d'éventails fleuris de branches de pruniers et de glycines.

16. — Bouteille à saké, décorée sur fond de laque rouge de papillons et de roseaux en laque d'or. Intérieur laqué or. Haut. 18 %.

17. — Petite boîte à parfums, rectangulaire, sertie de plomb, décorée sur fond nachiji d'un massif de pivoines sous un pin. Incrustations de pépites d'or et d'argent. Armoiries de la famille Honda.

18. — Boite à thé cylindrique en laque imitant l'écaille, décorée d'une haute touffe de roseaux en laque d'or.

19. — Petit pot à cendres d'encens, en laque nachiji sur étain, décoré d'un semis de petits chrysanthèmes en laque d'or.

20. — Petite boîte à parfums ronde et plate, ornée de nacre polychrome représentant Hoteï, son sac, lourdement chargé, sur l'épaule.

21. — Jolie petite boîte en laque brun représentant un marron.

22\. — Très belle boîte en laque d'or, finement ciselée de branches de chrysanthèmes fleuries en ors divers. Cette jolie petite pièce porte en outre les "môn" de la famille impériale et ceux des Daimyo d'Uesugi.

23\. — Petite boîte à parfums en laque rouge, décorée d'un crabe en nacre incrusté.

24\. — Petite boîte à parfums conique, décorée de branches de cerisiers fleuris et d'aiguilles de pins. "Môn" des Ashikaga, et des Nagaï de Takatsuki.

25\. — Boîte à thé cylindrique en laque brun portant en relief un chat en laque d'or finement ciselé, suivant attentivement le vol d'un papillon. Signée : Setsuzan.

26\. — Boîte à parfums aplatie en laque d'or, sertie de plomb, décorée d'un ibis au bord d'un fort courant charriant des fleurs de chrysanthèmes.

BRONZES CHINOIS

27\. — Vase à sacrifice posant sur trois pieds pointus, écartés par la base. Le corps du vase légèrement ovoïde, s'évase d'un côté dans une pointe effilée et de l'autre dans la courbure d'un long déversoir surplombant, à la naissance duquel se dressent deux courtes tiges couronnées par des boutons coniques. Une poignée latérale enjambe une zone gravée d'ornements à la grecque. Toutes les surfaces du vase sont envahies par une abondante végétation d'oxydes verts mélangés de rouge. Entre dynasties Thang et Soung (618 à 960 av. J.-C.). Collection Gillot. N° 990?

Haut. 21 %

28\. — Grand vase tubulaire ciselé d'une réunion de divinités autour d'un temple, et de caractères anciens. Toute la surface extérieure de ce bronze disparaît sous une croûte d'oxydes verts et rouges. Haut. 36 %.

29. — Grand vase rituel cylindrique monté sur un corps quadrilatéral (où manque le tiroir pour les cendres), décoré sur la panse et les anses de motifs de Taoties. Epoque Ming. Haut. 24 %.

30. — Grand vase rectangulaire employé pour chauffer le saké, supporté par quatre pieds à tête de chimères. Le corps du vase qui comprend trois foyers, est décoré extérieurement d'une zone de grecques et de motifs de taoties portant en outre en haut relief sur les deux grands côtés huit petits personnages boudhiques. Le foyer central est entouré sur le dessus du vase de quatre petites chimères également en haut relief. Epoque Ming. Haut. 22 %. Long. 35 %.

31. — Vase à vin, à large panse sphérique élevée sur piedouche et surmontée d'un col évasé. L'ornementation comporte quatre bandes concentriques en léger relief au pourtour et à l'épaulement deux mascarons archaïques formant attache pour deux petits anneaux. Patine brune marbrée de tâches vertes et rouges. Epoque Ming. Haut. 39 %.

32. — Cornet de forme cylindrique à bords évasés décoré près du col d'une zone de fines grecques portant un décor fantaisie et deux mascarons. Patine brune à larges tâches d'oxydation verdâtres. Haut. 27 %.

33. — Brûle parfum quadrillé, monté sur trépied, décoré au col de trois lignes concentriques. Couvercle en bois ajouré, portant le "môn" du bonheur. Haut. 29 %.

34. Grand brûle parfums décoré sur fond de grecques, de motifs archaïques. Deux anses détachées en têtes de chauves-souris. Haut. 21 %.

35. — Petit vase couvert, la panse coupée de deux arêtes en relief. Décor de grecques et de sujets archaïques. Le couvercle portant le même décor est coupé, lui, de quatre arêtes. L'anse en bronze également, imite un jonc tordu. Haut. 22 %.

36. — Elégant petit vase en bronze, passé au feu, ce qui lui donne une patine granitée d'un joli vert. Haut. 15 %.

37. — Grand pot évasé à panse surbaissée, patine verdâtre. Haut. 14 %.

38. — Petit brûleur en *bronze* à patine rougeâtre portant deux mascarons, posé sur trois pieds surmontés de têtes de chimères. Cachet : "Taï Ming Sentokou Nenseï". Haut. 10 %.

FLACONS A TABAC

39. — Flacon en verre, décoré intérieurement à la main de deux scènes de légendes chinoises.

40. — Flacon en verre d'un blanc uni, imitant la jade.

41. — Flacon en verre blanc, décoré en relief bleu d'oiseaux dans les bambous.

42. 43. 44. — Flacons en verre, couleur améthyste, couleur ambre et couleur rubis.

45. — Flacon en verre, blanc décoré en rouge de deux dragons affrontés.

46. — Flacon en pierre mouchetée rose et rouge.

47. — Flacon en agate grise décorée en relief brun d'un grotesque et d'un animal fantastique.

48. — Flacon en agate grise tachetée de larges marbrures brunes.

49. — Flacon en forme de gourde en jade blanchâtre.

50. — Flacon en ambre, portant deux mascarons en relief.

51. — Flacon en agate grise veinée de striees blanches.

PIERRES DURES

52. — Petit pendentif rectangulaire en hauteur, ajouré d'un motif de fleurs et de feuilles. Coulant améthyste. Jade vert clair.

53. — Autre petit pendentif de même forme, à coins arrondis, même décor ajouré que le précédent. Coulant corail. Jade vert clair.

54. — Pendeloque en forme d'anneau aplati en jade vert émeraude·

55. — Petit presse-papiers imitant un sceptre de mandarin, en jade vert.

56. — Autre presse-papiers en forme d'une feuille en jade vert rouillé sur laquelle sont posés une mante religieuse et un petit escargot.

57. — Petit presse-papiers imitant une courge en jade vert foncé.

58. — Autre presse-papiers : une mante religieuse posée sur une feuille.

59. — Joli pendentif en jade grisâtre, ajouré, décoré au centre d'une rosace mobile. Coulant corail.

60. — Autre pendentif représentant deux fruits, en agate brune.

61. — Breloque forme de gourde en agate bleue sur laquelle est couché un écureuil traité dans une partie brune.

62. — Breloque analogue à la précédente, en améthyste.

63. — Petit ornement en pierre dure, d'une jolie tonalité verte.

64. — Breloque en agate sculptée d'un crabe sur une feuille.

65. — Breloque en pierre bleue, imitant le lapis.

66. — Pendentif en cristal blanc décoré de bambous.

67. — Petit brûle-parfum, trépied en jade gris moucheté vert.

68. — Petit cerf au repos, en agate brune.

69. — Petit brûle parfums aplati, la panse décorée de deux dragons, en belle agate brune.

70. — Autre petit brûle parfums en agate blonde, portant deux mascarons à anneaux mobiles.

71. — Pot à laver les pinceaux en forme de fruit sur lequel grimpe une grenouille. Améthyste.

72. — Jolie pièce en corail sculptée d'une Kwannon assise sur le dos d'un éléphant.

73. — Petite garniture en jade gris et vert, montée sur socle fixe, composée de deux vases et d'un brûle parfums.

74. — Vase élancé en jade bleuté tacheté de vert, décoré de rinceaux et portant deux anneaux mobiles pris dans la masse.

75. — Petite garniture en agate blonde comprenant un vase, un brûle parfums et une petite boîte en forme de papillon.

76. — Petit vase en agate brune forme de deux citrons digités accolés, dits : "Mains de Bouddah".

77. — Petit rocher en lardite finement sculptée d'un paysage montagneux.

78. — Porte-bouquets en jade gris rouillé sculpté en haut relief de 2 tigres dans des branches de pins.

80. — Vase en jolie agate bleue représentant deux citrons "Mains de Bouddah".

81. — Autre vase en belle agate bleue représentant une jolie fleur de magnolia dans les feuilles.

82. — Coupe quadrilobée en jade verdâtre, décorée sur chaque saillie d'une chimère.

83. — Grand brûle-parfums quadrilatéral monté sur quatre pieds. Décor d'une zone de grecques et de médaillons de têtes de taoties à anneaux mobiles. Beau cristal de roche très pur.

84. — Grand vase avec couvercle, en cristal de roche, portant deux anneaux mobiles, et décoré de dragons dans les nuages. Très belle pièce : socle en bois sculpté niellé de cuivre. Haut. 24 %.

85. — Autre grand vase en cristal de roche rose sculpté en forme d'un fruit chinois. Le col porte 3 mascarons à anneaux mobiles. Haut. 24 %.

86. — Rakan en pierre de lard, imitant la poterie, lisant un manuscrit, assis sur le dos d'un éléphant accroupi. Haut. 12 %.

87. — Statuette de savant chinois debout. Pierre rougeatre. Haut. 20 %.

CLOISONNÉS CHINOIS

88. — Petit paravant de table; une face décorée sur fond blanc d'un vase, d'un brûle parfums et de divers ornements: l'autre face décorée sur fond rose d'un prunier en fleurs ou voltigent papillons et oiseaux. Joli socle en bois sculpté. Haut. 26 %.

89. — Petite coupe carrée à deux anses, décorée de dragons dans les nuages.

90. — Une assiette ronde et huit plateaux lobés s'emboîtant en rosace, décorés de scènes a personnages chinois. Pièce intéressante.

91. — Petite tasse en cloisonné décorée de fleurettes. Un couvercle cloisonné à bouton de jade.

INROS ET CHAPELLES

92. — Inro à une case en laque noir cloisonné en argent de fins rinceaux fleuris. Coulant métallique ciselé.

93. — Bel inro à une case en laque noir décoré d'une montagne en pavage d'or et de l'autre d'une barque sur les flots, rehaussée d'une baguette nacrée. Signé : Kajikawa.

94. — Bel inro à 4 cases en laque d'or mat représentant d'un côté un personnage une lanterne à la main, s'abritant de l'ondée et de l'autre, d'une petite scène d'intérieur.

95. — Joli inro à 5 cases en laque brun frote, décoré d'aubergines et de melons en laque d'or rehaussé de nacre. XVIIe siècle.

96. — Inro à 4 cases en laque d'or représentant un noble personnage de la cour, à cheval, jouant de la flûte devant la porte d'une maison.

97. — Inro circulaire à une case, en cuir, portant sur une face un lapin en ivoire et sur l'autre une touffe de roseaux et de chrysanthèmes en laque d'or.

98. — Grand inro à 5 cases en laque Tsuichou décoré de caractères chinois.

99. — Petit inro à 3 cases en laque Toghidachi sur fond noir, décor de pruniers devant le halo de la lune. Signé : Hoghen Eisen.

100. — Inro allongé à 6 cases décoré sur fond noir d'un groupe d'armoiries dont le "môn" de la famille Wakikaza.

101. — Inro à 4 cases décoré sur fond poudré d'un grand quadrillage ou sont réservés des mons de chrysanthèmes.

102. — Petite chapelle portative en forme de boîte lenticulaire portant sur les deux faces intérieures Kwannon, l'urna au front, assis sur une fleur de lotus et une scène d'Ascète à qui un singe apporte un fruit. Le décor extérieur comprend un semis de chrysanthèmes et de rinceaux en laque d'or sur bois naturel.

103. — Petite chapelle portative lenticulaire, représentant Çakyamouni dans les gestes de charité et d'argumentation, accompagné de Moujou et de Foughen, debout sur des nuages. L'extérieur est aussi décoré sur bois naturel de motifs de fleurs.

104. — Petite chapelle ouvrante en laque noir avec garniture de cuivre finement ciselée. Elle contient une petite statuette en bois de santal représentant Foudo, gardien du centre du monde, assis sur un siège à marches multiples devant une flamme rouge, son terrible glaive à la main. A l'intérieur sur l'or des volets, deux fines peintures de personnages du culte. Haut. 16%.

105. — Autre chapelle ouvrante en laque noir entièrement couverte sur la face antérieure d'une garniture de cuivre extrêmement fine entourant le "môn" des Tokougawa. A l'intérieur se dresse une très jolie statuette en bois doré représentant Amida, ayant derrière lui l'auréole Funagoko. La divinité debout sur une fleur de lotus a l'attitude de l'enseignement. La robe dont les draperies retombent avec une grande noblesse se détache, nuance d'une patine noire et rousse. Haut. 18 %.

106. — Petit tryptique sur soie représentant, traitée surtout en or, la trinité d'Amida entouré de Seisi et Kwannon, assis sur des troncs à fleurs de lotus. Jolie pièce comme finesse d'exécution. Montage et gaîne en vieilles soies.

CÉRAMIQUE DE LA CHINE

107. — Pot à huile en émail brun foncé, genre de Temmokou.

108. — Brûle-parfums trépied en émail grisâtre craquelé.

109. — Petit bol en émail verdâtre finement traité.

110. — Bol évasé en émail verdâtre également traité.

111. — Grand pot à eau en émail brun rougeâtre. Haut. 27 %.

112. — Petit pot à fruit en émail vert. Haut. 18 %.

113. — Vase à col allongé et évasé en émail vert clair craquelé. Haut. 35 %.

114. — Grand vase en poterie brune, dit "Nanban". Haut. 41 %.

115. — Pot à eau décoré sur la zone supérieure, sur une couverte ocre claire de motifs de fleurs, mi-effacés, la partie inférieure restant en poterie rouge mat. Pièce intéressante. Haut. 23 %.

116. — Pot à eau en émail brun foncé. Haut. 20 %.

117. — Grand pot à thé carré et couvercle en émail crème. Haut. 28 %.

118. — Vase oviforme en émail vert moucheté de taches foncées. Haut. 30 %.

119. — Vase oviforme en émail crême craquelé. Haut. 22 %.

NETZUKÉS

120. — Petit netzuké en laque d'or imitant un tambour sur lequel est grimpé le dieu du tonnerre. Sur les deux faces planes, le " môn " des Arima.

121. — Deux petits abricots en laque d'or, nuancé de rouge.

122. — Joli netzuké eu laque rehaussé de nacres polychromes représentant un chapeau de danseur " Bougakou ".

123. — Netzuké en laque d'or en forme de petite boîte, le couvercle décoré d'un vaisseau hollandais. Signé : Koriusaï.

124. — Petite boîte analogue à la précédente décorée d'un chandelier et d'une branche de prunier.

125. — En laque d'or finement ciselé : Saïobo assis sur un tabouret.

126. — Jolie petite pièce représentant un enfant à califourchon sur une canne à tête de cheval " Harougoma ". Beau travail de laque rehaussé de nacre.

127. — Netzuké en bois laqué représentant Kwakkio debout sur une marmite, dont le dessous forme cachet.

128. — Petit netzuké représentant une grue accroupie. la tête repliée.

129. — Netzuké en ivoire représentant Ofoukou debout, un cerf à ses pieds.

130. — Chimère jouant avec son petit, en forme de cachet en ivoire.

131. — Le Sennin Kiuko à califourchon sur une carpe, lisant un manuscrit ; ivoire.

132. — Très joli netzuké en ivoire représentant un lièvre détalant. Très belle pièce signée : Masatomo.

133. — Netzuké ivoire. Jeune singe à sa toilette. Signé : Ranitchi.

134. — Petite tortue en ivoire traversant un courant.

135. — Boule en ivoire formée d'une agglomération de chiens jouant. Signé : Masamitsu.

136. — Groupe de tortues en ivoire. Signé : Tadakazou.

137. — Netsuké en bois formé d'une grenouille accroupie sur un sceau. Signé : Masanao.

138. — Netzuké en bois représentant un cheval debout.

139. — Une grenouille posée sur une latte est lentement dévorée par un serpent. Signé : Masanao.

140. — Netzuké en bois représentant une Kappa debout.

141. — Femme accroupie, lavant du riz. En bois, joliment patiné.

142. — Netzuké en bois représentant un coq accroupi. Signé : Tametaka.

143. — Jeune garçon grimpant sur le dos d'un chien.

144. — Petit masque de démon en bois naturel : il a la bouche largement fendue, la machoire mobile, dans une grimace de ricanement.

145. — Nid de guêpes en bois naturel. Signé : Tadakazou.

146. — Deux savants chinois, la tête levée, debout sur le dos d'une chimère accroupie.

147. — Petit rat accroupi.

148. — Pêcheuse debout, portant un poisson gigantesque.

CHANDELIERS EN BRONZE

149. — Chandelier représentant un enfant grimpant après une échelle.

150. — Chandelier en forme de filet, debout.

151. — Chandelier représentant deux singes aux longs bras et leur petit.

152. — Chandelier. Divinité debout, s'appuyant sur l'ibis sacré.

153. — Chandelier en forme de rinceaux fleuris ajourés.

154. — Chandelier décoré d'une boule ajourée.

155. — Chandelier formant trois boules ajourées superposées.

156. — Chandelier. L'homme aux longs bras et l'homme aux longues jambes attaqués par une pieuvre.

157. — Chandelier. Deux jeunes singes grimpant sur une tige.

158. — Chandelier. Concert de musiciens sur une échelle.

159. — Chandelier. Le dieu de la longévité soutenant d'une main une tige de lotus. A ses pieds deux tortues et un crabe.

160. — Chandelier formé de nombreuses cordes entrelacées.

PIERRES DURES

161. — Petit canard en cristal de roche.

164. — Oie, en cristal de roche.

165. — Petit aigle en cornaline.

167. — Jeune chien en cornaline.

168. — Coq picorant, en cornaline.

169. — Escargot en agate rose.

171. — Poisson rouge en cornaline.

CÈRAMIQUE JAPONAISE

173. — Jolie bouteille en Koutani, à décor polychrome de dragons et de fleurs. Haut. 30 %.

174. — Bouteille à saké en porcelaine d'Oribé à émail crême craquelé. Décor de chrysanthèmes et de papillons. Haut. 25 %.

175. — Bouteille à saké en forme de gourde, genre Awata, décorée de branches de pruniers. Haut. 19 %.

176. — Bouteille à saké en porcelaine d'Imari. Col très allongé. Haut. 28 %.

177. — Grand plat, ancien Imari, décoré de branches de pins. Diam. 35 %.

178. — Plat Koutani, décoré sur fond de fleurettes à reflets métalliques, d'une grosse rave et d'un rat. Diam. 36 %.

179. — Grand plat Imari polychrome décoré au centre de deux dames nobles, de l'époque Ghenrokou, traînant un char rempli de fleurs. Diam. 55 %.

180. — Grand plat blanc décoré en bleu d'un oiseau de Hô, debout sur un rocher au milieu des fleurs. Au dos, marque chinoise : " Taï min sentokou Nenseïs. " Ancien Imari. Diam. 8 %.

PANNEAUX JAPONAIS

181. — Grand panneau monté sur soie représentant une dame costumée à la manière Ghenrokou, dansant : " Sanbaso ". Ecole Torii.

182. — Panneau rond monté sur soie représentant les sept plus jolies femmes à l'époque de Toyokouni.

183. — Paysage d'automne, par Gheiami. Ecole Kano.

184. — Scène à l'intérieur d'un palais, par Kano Sanrakou.

185. — Grand panneau brodé représentant une branche de pêcher fleuri.

186. — Fabricants de sabres. Ecole de Tosa.

PANNEAUX CHINOIS

187. — Petit panneau peint représentant un melon, par Tchocho. Epoque Ming.

188. — Petit paysage chinois.

189. — Cascade en montagne. Commencement de l'époque Ching.

190. — Trois cavaliers se reposant, par Tchinkyochio.

191. — Couple d'amoureux épié par un serviteur, par Ritôh.

192. — Couple lisant sous une vérandah. abritée dans les pruniers en fleurs, par Ritôh.

193. — Jeune homme rendant une visite secrète à deux jeunes filles, par Ritôh.

194. — Jeune fillette accroupie arrangeant une corbeille de fleurs, Epoque Ming.

195. — Savant chinois. Epoque Ming.

196. — Mendiant appuyé sur une béquille. Epoque Ming.

197. — Panneau de fleurs, par Senchunkyo.

198. — Copie par Sadahidé d'une peinture européenne representant une hollandaise.

199. — La même représentant un hollandais.

200. — Numéros omis au Catalogue.

IMPRIMERIE

FRAZIER-SOYE

153-157, Rue Montmartre

PARIS

www.ingramcontent.com/pod-product-compliance
Lightning Source LLC
LaVergne TN
LVHW020511230826
846091LV00008BA/3465

* 9 7 8 2 3 2 9 4 6 2 2 9 5 *